천년의
시 0137

고양이 소굴

천년의시 0137

고양이 소굴

1판 1쇄 펴낸날 2022년 9월 19일
지은이 박순례
펴낸이 이재무
기획위원 김춘식, 유성호, 이형권, 임지연, 홍용희
책임편집 박찬세
편집디자인 민성돈
펴낸곳 (주)천년의시작
등록번호 제301-2012-033호.
등록일자 2006년 1월 10일
주소 (03132) 서울시 종로구 삼일대로32길 36 운현신화타워 502호.
전화 02-723-8668
팩스 02-723-8630
블로그 blog.naver.com/poemsijak
이메일 poemsijak@hanmail.net

박순례 ©, 2022, printed in Seoul, Korea

ISBN 978-89-6021-655-6
　　　978-89-6021-105-6 04810(세트)

값 10,000원

🔺울산광역시　🔸울산문화재단

*이 책은 울산문화재단의 '2022 전문예술인 지원사업'의 일환으로 제작되었습니다.

고양이 소굴

박 순 례 시 집

천년의시작

시는 삶의 계단입니다

차 례

시인의 말

제1부

제1부

획

―빈혈

　분홍 소금 치약으로 양치질한다 토레비하 소금 호수를 걷
는다 봄 동산이 숨어 있어 진달래 사랑을 기억하지 숨바꼭질
술래 되어 호수를 헤맨다 햇빛이 높은 한낮 분홍은 더욱 붉
어지고 나의 심장도 붉어져 호흡이 익어 갈 무렵 오두막 속에
앉아 마스 라 플라나를 마신다
　아무것도 찾지 못한 공중을 걷는 발. 술래에 싫증이 나 보
라치노스borrachinos 성씨 하나 주워 들고

　별소리보다 세찬 양치질 다섯 번째의 휘모리
　모르는 곳으로 흐르는 획을 쫓아 동공이 빨라진다
　방구석 한쪽 모서리 멈춘 소곤거리는 진달래꽃 별 하나

획

―눈

별들이 호수에 산다는 걸 알았을 때 무언가를 준비해야 했
다 먼저 길을 검색하기 위해 네이버 지도를 검색해야 했고 무
슨 별들이 호수에 살고 있는지를 알아내야 했다 별들은 왜 호
수에서 살아야 하는지를 검색하는 도중 컴퓨터 꺼져 캄캄했
어, 별들은 그저 어둠에서 산다는 걸까

별들을 찾아 무작정 떠나는 거야. 별을 만나게 되면 난 제
일 먼저 별들에 무슨 말을 해야 할까, 그 순간 난 말을 찾아
야 한다고 사전을 찾기 시작했어 그러나 아무 말도 찾을 수
없고 호흡만 가빠지고

캄캄함은 지속하고 여전히 호수에 별들은 반짝이고 나의
눈은 별이 아니면서 반짝이고 물이 없어 깔깔해지고 물을 넣
으니 말랑했지 호수가 되어 눈이 둥둥 그 속 떠다니고

별 냄새를 맡기 시작하고 난 멈출 수 없고 사람들은 여전
히 수군대고 별들의 냄새는 나지 않고 온몸이 땀으로 젖어 마
치 호수에 빠진 것 같지 이름 없는 호수를 찾는 건 쉬운 일이
야 누가 물으면 난 호수에 다녀왔다고 별들이 살아 있는 호
수에 다녀왔다고 말할 수 있으니까 눈이 흐려져 무언가 침침
하게 보이고 나는 안개라고 적었지 결국 안개라는 단어 하나

찾아들고……

    길을 나선다. 안개는 내가 찾은 단어야 안개를 앞세우고 사람들이 무얼 찾았냐고 할 때마다 안개를 핑계 대었지 안개 는 앞으로도 쭉 나의 새로운 동반자가 될 걸 알아 가고 컴퓨 터 켜지고 세상은 다시 밝아지고 사라지는 별 검색을 진행 하고……

획

—마른 꽃

비탈땅 흙 속은 꿈들이 보글거린다. 웅덩이에 고여 쑥덕거리고 발가락들 꼬물거린다

엉켜들지 않는 계절, 북극에서 편지가 온다. 눈이 오는 시간, 엉덩이마다 마른 꽃이 피어 방향이 얼룩진다. 변종들이란……

발가락 자라기 시작하고 머리 달리고 김이 나고 펑펑 피를 흘린다 삼각형 사각형 마름모꼴 붙어살려 애를 써 보지만 뜨거운 것들 비워 낸 자리 산비둘기 둥지 틀기에 좋은 오후, 새들의 마른기침에도 파르르 몸살을 하는, 마른 대로 살기도 좋은 비탈땅은

한 치의 양보를 모르고 비켜서기를 거부하고 비탈 꼭짓점에 매달려 눈치 보는……

삭풍을 안아도 샛바람을 안아도 비탈을 붙잡고 놓지 않는 근성으로 마른 향을 숙제로 삼각 꼭짓점에 매달고 끙끙거리는 텅 빈 울음소리가 아직은 맴도는

닮은꼴

사진 속 고래의 눈
눈까풀 다섯 개
눈가를 맴도는 물 주름
저 자리 세월을 하나하나 쌓아 올린 수장고

쌍까풀 눈두덩 위 실선, 깊게 파인 도랑
깊이 팬 개천 긴 삼각주가 자리 잡고
눈가에 주름은 부챗살처럼 펼쳐지고

애교 살 그 아래
자식궁이라 부르는 곳
불룩하다
어디선가 새끼 고래 잘 먹고 잘 산다는 증거
눈 주위에 흰 구름 떠 있는 건
무언가 깊이 담긴
지나간 추억을 곱씹기라도 하는
저 눈빛에 빠져 꼼짝달싹 못 하는 나
거울 속 내 눈 닮은

모자이크가 되어 가는 길

카프리스 24번 발목을 휘감는다

가을 내게로 온다

파가니니 따라 걷다 보면

낙엽은 하나의 음표

한 장면의 발레리나

음표대로

징검다리 건너듯 걷는다

꼭대기로 오르기도

단풍 구르는 소리

포르테

발끝에 힘이 들어간다 땅은 부드러운 스펀지

힘을 줄수록 솟아오르는 발 점점 세게 낙엽 하늘을 오르고

스타카토

짧은 건너뛰기로 도랑 다시 멈추고 건너고 다시 멈추고 건너고

낙엽은 이리저리 방향을 바꾸어 햇빛을 피한다

알레그로

바람에 뒤집히는 낙엽 돌아섰다가

빠르게 표정 바꾸며 웃는다

아다지오
느린 생각 주워 모아 모자이크 맞추며

음악 흐름에 허우적거리며 나를 잊은 채로
통통 뛰어오르고 동글거리며

오늘은 별과의 왈츠를

—통일전망대

오두산, 얼음장 같은
별빛을 뿜어낸다
열기가 흩어지자

달 뜬다
달에다 별을 집어넣는다

달빛 쟁여진 별 몇 개
녹아내리는

검지로 찍어 맛을 보면
뜨겁고, 맵고, 쓰고, 달고
삼키고 뱉는
별을 먹으면 별을 낳는다는 전설이 있다고

그렇게, 바람이 별을 삼키는 걸 보며

혼자 플로어에 서면 먹었던 별들 쏟아지고
느리게, 빠르게
동그랑 사뿐

>

별들이 자라는 창가

달빛 속을 3D로 걷는

프라하

카프카의 집
황금소로 22호 방 줄이 길다
사진을 찍다가
가방을 본 순간
열려 있다
여행기 노트가 없다
차라리 지갑을 가져가지

지네가 된다,
손을 늘린다

열 개의 손
1번 손에 오스트리아 다뉴브강 풍경과 씨씨로 불렸던 왕
비의 사생활이라든가 이런저런 이야기를 2번 손 빨강, 노랑,
검정이 함께한 식욕을, 3번 손엔 흐느적거리는 머플러를 4번
손엔 마로니에 열매와 가을 단풍 가득 5번 손엔 쓸모가 없어
진 그레고리 이야기 6번 손엔 나의 어쭙잖은 미모를 시켜 줄
양산을 들고, 7번 손엔 서늘한 날씨에도 땀을 흘리거나 아
이스크림 묻은 입을 떼어 낸 손수건을 8번 손엔 여권과 약간
의 익살이 든 지갑을 9번 손엔 오는 길에 예매한 버스표를 10

번 손엔 눈에 넣어도 안 아픈 막내 손을 잡는다. 확장에 확
장을 거듭하며

　절대로 아무것도 잊어버리지 말아야지…… 다짐한다

고양이 아리랑

일본인 거리 구룡포
누각에서 낮잠을 자고
검은 견공 보초 서다 말고 내 앞으로 온다
바닷가에서 묻어온 아귀포 냄새
여기저기 킁킁댄다
난 먹이가 없는 빈털터리

메뉴판을 본다
혼자이면서
아포가토 두 잔 주문한다

고양이 소굴로 들어간다
올봄 분양 간 고양이 중성화를 했네
그의 속사정도 알지 못하고 이제 젊음도 갔으니 고양이,
개 서로 다독이며 친구처럼 같이 살라고 권한다. 그 친구 말
그게 내 맘대로 되느냐고, 난 아들딸이 거들면 된다고 너스
레를 떤다. 구시렁거리는 모습을 뒤로하고 돌아선 나도 여
기 혼자다

>

아포가토 나오고

생각 끊어지고

커피 한 잔에

머릿속, 고양이 소굴이네

둥지 없는 고양이 발톱이 자란 속사정도 모르고

왼쪽으로 비틀린 이정표

화살표 따라가니
발자국이 없다

한 페이지 넘겨도
어둠은 없어지지도 않고

말을 버리고 귀를 버리고
감은 눈으로 눈을 굴린다

몸보다 커지는, 허수아비
가위에 눌려 소리 지른다

몸을 웅크려 달려간다
몸통을 지우면
홀씨가 날고

벼린 말들이
화살표를 따라가지만

죽어도 되는 사람이 있나 보다

\>

몸보다 커지는, 허수아비
가위에 눌려 소리 지르는

개폐*

한 장의 무명 조각보 모를 낸 무논이다
홈질로 된 바느질
모판을 보는 듯
빨강 색실로 홈질한 바늘 걸음
모판에 길을 낸다

바늘을 소로 본다
실은 쟁기로 보인다
다랑논엔 그래, 소와 쟁기가 제격이지
바늘 논고랑을 갈아엎는 듯 쟁기 따라나선다
가끔은 소가 울고 논바닥 뒤뚱거리며
헤매기도 한다
소 울음 고요를 깬다

새참 내오는 시간일까
아낙의 발걸음 소리는 총총 땅을 울린다
새참 바구니엔 호박나물 열무김치국수
냉수 한 바가지 부어 훌훌 마신다

무논에 들어가며 목청 가다듬는다

각진 조각보 홈질 끝나고

모내기 끝나고

황소 울음, 저 무논의 외침

* 〈개펄〉: 유홍석 그림.

골목

언제부터인지 입 다문
그림자 길게 너즈러져 시간 흐트러지고

바람 튕겨 나가고
미주알고주알 입구를 열어 놓을 때

골목이 안고 온 숙제 하나
아이를 머리에 이고

쏜살같이 스쳐 가는

긴 팔을 늘인다

주춤거리는 시간 뒹굴다
튕겨 나간 바람 돌아오고

길

목어 한번 울었다
불타는 아궁이 흔들리는 억새

이끼 가득한 산자락
앵두 아가위 산벚까지
가람을 품고 어른다
구름 열리고

한 걸음 한 걸음
나를 밟는다

여기저기 붉어만 가는 주근깨
내가 해석 못 한……
두꺼운 사전 속의 반란

걸음마다 숨을 쟁여
산을 오른다

숲길을 찾아들고

비발디 《사계》 바이올린 젓대 물방울을 떨군다. 심장은 선율을 탄다. 잦아들듯 구르다 멈추고 까치발 들고 돌고 또 돌고 같이 가는 길 홀로 동글거리고 하늘 보며 돌다 멈추고 숨을 고르고 격해 오는 음계가 고요를 깨고 다시 고요 속으로 오르내리다 달려가고

선율에 흔들리며 파고드는 소리 무엇이 저렇게 흔들어 놓는 오늘 밤을 애절함이 품에 안는다. 가슴은 떨고 너는 멈추고 산을 넘고 강을 건너 합심은 숲길을 찾아들고 나뭇가지에 매달린 나뭇잎은 새소리를 감추고 물방울은 저 홀로 구르고 곤한 잠을 깨운다 숨어 속삭이는 새들은 언 개울을 녹이네
탱고, 관악기가 빠져도 탱고는 탱고 몸을 맡기고 흔들거리고 춤추는 치맛자락 세차다

종착역

펼쳐 본 손바닥엔
늘 더듬거리기만 하는 걸음
손금이 깊어져 있다
어지럽고, 내 그림자 길어지고
가로등
날을 세운다

갈라진 빛의 틈새로 동녘은 그렇게 오고
길어진 골목에서
얼마쯤 남아도는

사립문 틈새로 무지개, 지나간다

사랑, 그 자리

달그림자 질그릇에 담겨
나를 부른다
갈대숲에 숨어든 바람이었을까
아득히 물안개에 젖는

별조차 잠이 들어 버린 밤
오로라, 그물에 싸이던 시절
한 장 한 장 가슴에 겹쳐진다

세상은 요한 슈트라우스로 부산했다

잡지 못한 기억은 몇몇 평행으로 감기는
한 올, 바람

어둠은 돌아서면 목이 부러질 듯한

제2부

획

—물의 자식들

조각칼 하나 없다 저 수면 마음 내키는 대로 제 혓바닥으로
모서리들 잘라 내고 아치를 만들고
　대장장이의 숨소리 같은 입김을 불어 대면 동그라미보다
더 매끄러운 곡선을 세우는 물웅덩이 모서리 굽혀 가며 획을
모으면 획들의 자리에는 모난 것들 동그랗게 자란다

　물음표 하나 신부에게 들리면 그럴듯한 부케다 주머니에
숨겨 두었던 숨표를 조각한 물웅덩이 속 세모를 달래면 네모,
네모를 달래면 동그라미가 된다

　네모와 세모가 모서리를 뭉그러트리는 날, 키 큰 네모와
키 작은 세모가 어울리면
　초대장 없어도 스스로 몰려오는 물비늘들 취한 듯 비틀
거린다

　꼭짓점 찾기에 정신없던 나 오늘 기울어진 수평 위에 선
하나 긋는다

획

—목욕탕에서

빈 상자에서 나를 꺼낸다
한 껍데기 한 껍데기 벗겨
상자에서 꺼내는 일

그림자가
숨 쉰 곳을 파고든다
엄지발톱을 본다
누군가에 발톱을 보여 준 일도 없는데
비둘기 발을 닮았네

상자 속에 가득했던 김
블라우스 하나는 넉넉히 다리겠네
창가에
앞니 빠진 새 한 마리
물가에 앉고 물고기 놀려 대고

머리를 감는다
망고 샴푸
머리에 통째로 붓는다
쏟아지는 노란빛 새 울음
굴러 내린다

획

—획 하나 꿈을 꾸고

시체가 되어 냉장된다는 일은 그리 슬픈 일은 아니야 철 지난 신문지에 꽁꽁 묶이거나 검은 비닐봉지에 포장되어 습도가 높은 곳에서 편히 눕는 일이지 냉동이 해제될 때까지 우린 서로 부둥켜안고 포개어 뒤뚱대는 거지 어느 날 열린 문틈 사이로 빛이 스며들고 밖으로 나올 때까지 그곳은 우리들의 안식처인 거야 안식처에서 나와 끓는 온도로 뛰어들고 우린 다시 새로운 부활을 꿈꾸지

정원에 꽃을 심는 일은 화선지 하나 획을 긋는 일 잡초를 뽑는 일은 하나의 획을 지우는 일 화선지에 꽃잎을 그리며 정원을 꿈꾼다. 풍요로운 넓은 정원에 그려 가는 그림 한쪽엔 마늘 고추 상추, 울타리를 치듯 뽕나무 살구나무 감나무 매화 피워 낸다. 꽃은 나를 위로하며 자리를 넓힌다. 수국 목단 할미꽃 앵초 화단에 새로운 꽃 그림 늘어 가고, 명자 찔레 모두 모이는 자리 저녁 되면 노을은 담장에 걸려 정원 꽃들을 어루만진다. 그림 속 노을 한자리 꿰차고 앉아 나 꽃으로 남는다. 그사이 획 하나 늘어나고 마술사 같은 나의 손끝에 꽃물이 들고

오른손을 찾습니다

저녁밥을 먹을 때만 해도 있었는데 신기하다.
온 집 안을 뒤진다 흘러내린 것들 들춰 보고
책장에 두었나 살펴보지만 안 보인다

손은 가끔 저 혼자 숨바꼭질도 한다.
오늘도 내일도 모레도 오른손은 없을 거다
겹쳐 있어야 한다는 것은 습관이다
어떤 손은 매워요
가려울 때도 있지만 아마 겹쳐질 때일 거다

김치가 먹고 싶어 항아리를 열었다
어머 어쩜 여기 있군요
찾던 오른손이 김치 항아리 안에 손가락 다섯 개를 펴고
왼쪽을 가리키고 있는 거다 그리로 가고 싶었을까
그쪽은 김치 국물이 웅덩이져 있다.
손 장구를 치고 싶었을까 손이 간을 보니 갑자기
신맛이 올라와 붉게 붉는다
숨어 있는 오른손의 속셈이 궁금해
언제부터냐고 묻고

>

항상 진짜는 가짜를 찾는다

습관이니까

앵무의 눈물

빈자리, 앵무가 남아 지금도 구구단을 외운다. 목소리 잘라 낼 때까지 물방울 대신 당신의 러닝셔츠가 다 닳을 때까지 왼쪽에 가두어진 물방울은 흘려보내고 싶다 잃어버리고 싶어

가두어 둔 물 쏟아 내는 시간 어디에 쓸 줄도 모르며 앵무새처럼 구구단을 외우고 점점 삐뚤어진 앵무새 되어 가고 물방울 한쪽에 쌓여 가고 앵무 길들이던 사람은 떠나고

빗방울 본 순간 깃털 쏟아지고
깃털 저리 바쁘게 어디로 가는 걸까 구르고 부딪치며 잡을 수조차 없는 곳을 향해 뛰어내린다
사라져 간 물방울, 같은 곳 들락거리는 저 구름 다녀갈 뿐

필붓

너를 읽고 있는데
초점을 잃고 만다

호흡이 가쁘다
뿌연 입김으로 현관 유리에 일생을 펼친다

날 수 없는 날개를 그리는 붓
붓끝 흐물거리고

날개, 하늘을 날 수 있을까
유리에 붙어
운다

젖은 몸짓 하나
흐린 눈에 힘을 주는데……

붓끝에 매달린, 저 매미

키메라

분홍 신,
딱 한 번 신었을 뿐인데

죽어야만 끝나는 춤판인데
나비처럼 뒤집어진다

끝내기를 거부하는 춤
뒤집힌 내가 나를 부른다
나를 살핀다

끝이란
서로 스며들어도 멀어지고
벨레로폰의 편지*였나

마스크 쓰고 귀를 열어야 하는데, 저 분홍의

* 벨레로폰의 편지: 전령 본인에게 해가 될 일을 전달한다는 뜻으로 벨
  레로폰의 편지라는 말이 생김.

피닉스

네 얼굴을 팔고 싶어

민낯, 고무풍선이 틀림없어

주사를 한 방 더 맞아야 할까
부풀어 단단해지는 저 얼굴

표정 몇 개
벽 한쪽 귀퉁이마다 붙여 나가는

병원을 뛰쳐나온 저 새
푸르죽죽한 얼굴의

나는 자꾸만 밖으로 파고든다

너의 속으로 들어가면
나는 밖이 된다
사과 씹으면
껍질이 되는 그것은 안일까

안과 밖의 껍질을 쌓는다
죽음이 어둠을 먹고
밖에서 안으로 잠적한다

죽음이 밖인지 어둠이 안인지
안과 밖은 맞짱이다
이름이 무엇이었는지
들어올 때 사는 걸까
나올 때 사는 걸까

창문이 어둠을 먹고 있는 동안
어둠은 창문이 밖이 되었다가
창문이 사그라지면 창문 안으로 잠적하고
어둠이 밖인지 안인지
버둥거리다 멈추는 껍질

보이지 않는 움직임

굿거리장단에 맞추어 춤이나 한판 출까

편지

홍합 껍데기 하나 모래사장에 서 있다

자갈들 구르는 소리, 옆을 지나가고
굿판이라도 벌이는 걸까, 봐 저 파도

칼날 위에 쓰러지는 것들은
어제 먹은 술이 깨지 않은 탓일 게야

조개들 투레질을 한다
돌멩이 하나 주워 든다 저놈의 갈매기

알고도 모른 척 멀어져 가는
바닷속으로 걸어 들어간
조개껍데기들의 이야기 서넛

우로보로스

요가를 한다

머리를 가랑이 속에 넣는다

세상을 보니 동그라미

허리를 편다
아이고, 이렇게나 각이 져 있었나?

접히지 않는 일기장

작살이 꽂혀 있는 귀신고래
울주 대곡천 234-1
그들은 너럭바위에 그림일기 쓰다 어디로 갔을까

저 그림
그냥 보기보다 활짝 열려 있는
일기를 훔쳐보는 즐거움
내 귀는 도리질하다 멈춘

수평 된 꼬리 비틀어져 있고
새끼 고래 없고
물을 뿜으며
물 위로 떠오르는

고래 고기 한 점 먹으려다 입을 부러뜨린 새
부러진 입 돌려 달라고 고래에게 사정해 보지만
푸석해진 봄 눈빛으로 거절한다
지나 버린 시간과 지금을 포갤 수 없는 것이 이유라면
바가지 들고 고래 고기 얻으러 가는 일

>

칠천 년

접히지 않는 일기장 일렁이고

쑥꾹새 운다

양파를 쏟아 내고 소쿠리 씻는다
어머, 이 소쿠리 첫째 아이
기저귀 담았던 거네

하얗게 접힌 두부 모양 면 기저귀
켜켜 소복한

연년생 둘째 울면 먼저 기저귀 들고 왔던 아이, 17개월 차
이를 언니라고 다독이면 방긋 웃어 주었고, 창경원 놀이 기
구 말타기를 혼자 태우며 동생을 업고 통통거리던 가슴 재우
려 아이 뒤통수에 눈을 맞추던

돌배기 때부터 엄마 곁을 동생에게……

런던 뉴욕 홍콩 떠돌며
더더욱 멀어지고

소쿠리 씻으면 양파 같은 껍질이 자꾸만 일어나는

푸석한 날들
그렁그렁 소쿠리 구멍처럼 휑한

쑥꾹쑥꾹 비닐봉지 속에서

화분을 사다

베고니아를 샀다 꿈속에서 나와 화분에 심으려는 순간 베고니아 대신 발을 심었다 매일매일 물을 준 화분에서는 발이 자라고 발에 붙어 있던 발가락이 자라기 시작했다 발가락은 화분을 비집고 나와 지구를 떠나려 했다 돌아보니 여태 꿈속이었다 발가락을 오를 때마다 걷어차 버렸다 푸른 옷을 입고 달리는, 발가락은 춤을 추고, 허공을 부르자 발가락은 행복했어 아무도 말리는 사람 없이 활착을 하는 꿈이란 사람 곁에 있을 때보다 몇 배로 더 행복해하며

꿈속에 활착하는 베고니아 아니 발가락, 난 지구가 무너질까 봐 밤마다 악몽을 꾼다

봄의 문턱

여전히 네모난 방충망 사이
바람 떠나고 빗방울 스러지고

삼각 꼭짓점에 자리를 옮긴 거미
무엇을 기다리는 것일까

눈 빛살 걸쳐 놓은 지 오래인데 오지 않는 것들
무언가 오는 소리 들리고
슬금슬금 방충망으로 걸어 나오는
저 저 햇살 한 점

제3부

획
—점

별안간 별 값이 궁금해지는 것이다
북두의 손잡이 값은?
견우, 직녀?

화폭으로 내려온 별은 제 몸값을 털리고
바닥난 하늘에 나는 점을 찍는다 별 별 점
흔들리는 점

점을 따라 돈다
하늘 한쪽 얇게 펼쳐지고
별을 세기 시작한다

별이 희미해질 때쯤 문밖으로 나서면
오늘 밤 내가 찍은 점, 모두 얼마일까

점을 따라
하늘을 헤매는데 다리가 점점 부었다
그냥 잠이나 잘까

* 김환기, 〈우주〉.

획

—아소산

불이 밥이 되는 시간
눈의 커튼이 열린다

여우 고양이

바람이 손가락을 지나가는 사이
불빛은 풍경을 되새김한다

그늘은 그저 말이 없다
발가벗은 놈의 독기를 품어 주는 어둠이랄까

놈이 그늘의 경계를 핥는다
벽지 대신 바다 풍경으로 도배된 구석에서
저 고양이, 아무래도 여우와 연애를 했나
밤마다 여우 굴을 찾아갔을까

거푸집을 맴도는 저 습성, 제 발자국을 지우는
풍경 하나 밀어내는 여우 고양이

넘어지다

미카엘광장

동상 위 말 탄 남자 누구인가

고개를 뒤로 젖혀 하늘 높이 바라본다

하늘이 빙그르르 돌고

코끝도 보지 못한 그 남자 누구인지 모르고

난 몇 개의 계단 아래로 나뒹군다

말 탄 그 남자 나를 보았을까

근육질 남자 나를 일으켜 세웠으려나

침묵은 하나의 부정

커피 생각에 비엔나커피 찾아보니

비엔나엔 비엔나커피는 없다

도나우강

바람은 꽃잎에 기대고 난 그 바람에 기대어 본다

밤배로 도나우강 유람한다

바람에 젖은 커피를 마시며 나시 그 남자 생각에

동쪽으로 넘어졌다면

그 남자 얼굴을 보았을까

그 남자에 사로잡혀 벗어나지 못하고

애먼 남자 하나 불러낸다
옆모습이 조각 닮은 남자
*사랑*으로 노래를 흥얼거리던 남자
야구 연습장을 좋아하던 남자
오던 길 다시 뒤돌아 가지 않는다는 남자
커피 향을 좋아하던 남자
외로움만큼 미소의 중량을 건네주던 남자

불빛으로 치장한 건축물들 시치미를 뗀다
불 위를 적막이 배회하고
감추어진 어둠 앞에 무릎을 꿇는다

꽃을 삶다

옥시크린 한 큰술 트리오 세 방울
끓어오르는 거품 꽉꽉 누른다

무얼 잘못 먹었나
하얗게 비어 가는
머리를 적는다

햇살에 넌다
머릿속이 발가락 쪽으로 내려온다
상안동 골목에서 까치꽃을 밟던 발가락

그래 개불알꽃
땅속 깊이 숨은 곡선
컹컹 하늘로 쏟아 내면
개불알꽃이 흐른다

봄볕에 널면 저리 작은 생각들도 피어나려나
어둠에 갇혀 있던 하늘 한소끔 끓는

한 다발의 싱그러움 내게로 오네

품에 안으면 노란 어제
한 아름 안겨 온 꽃다발인데,
모레가 왜 여기 있지

탁자 위
쭉 뻗은 목덜미로 자꾸만 낼모레를 서성거리지?
빨강, 파랑, 보라 색깔을 피워 올리며

부러진 색엔 누가 사는 걸까
아이스크림 녹듯 왜 눈이 감기는 거야

자, 꽃다발 좀 들고 있어 봐

기다림이었어

고양이, 초록 눈망울에 비 젖는다
젖은 눈망울 속 지나가는 남자

천천히 가, 이왕 걸었는데……
흐릿해져 가는 걸음을 셈하기란
안개를 주워 담는 일일까

단전까지 들이켜는 어둠 속으로 또
삼키고 삼키는

물방울 가득한 고양이를 만나는 건 기다림이었어
온종일 비에 젖는

낮별

빨간 말씀이 좋아
바다로 뛰어내린 별 하나
낭창거리는 읍천 바다에 초점을 맞춘다

건들바람에도 흥이 돋는 어부들
덕장에 걸린 속 비운 가자미들
풍경으로 흔들리고

등대에 붙어 사는 별들은, 어제도
바닷길보단
제집 찾기에 날 새는 줄 몰랐지

오늘, 세상 속으로 걸어와선
멀리 두고 온 것들이나 살피는

푸른 하늘 별자리들
대낮인데 속 빈 가자미와 집을 버린, 북두칠성이라든가
등대 앞을 산보하는 나라든가

그렇게 팔삭세 기울어지는 세상의……

기차

무덤 같은 소란을 키워 가며 빠져나가고
눈알 굴리고 지나가는 것 주워 담고
아무것도 안 하는 것처럼
불편했던 것 버린다

불편 빠져나간 자리 또다시 채우며
고요를 선반에 올리고
문자를 보낸다
피지 않는 꽃

커피 향에 군침을 삼킨다
마른 목이 젖어 갈 때쯤
사람들은 수런거리고
아기 달래는 엄마는 부드럽다
버린 것들 제자리에 정리한다
선반에 올렸던 고요를 살피고
문자를 찾는다
버린 문자들 보이지 않고 냉정만 남고

서울역 기호만

회룡주回龍酒

막걸리 한잔한다
손가락으로 휘저으니
회룡포 갈지자로 드네

한 손은 하늘 위로 한 손은 허리춤에
발걸음은 허공에
돌 하나 주워 들고 간다
여기저기 들려오는 소리, 버려라 버려라
환청에 흔들흔들
자식처럼 움켜잡고 흔들흔들
불퉁거리지도 않는 길 불퉁거린다고 타박 놓으며

머릿속 나무 하나 키우며 막걸리 한 모금 버터 한 조각
순대를 채우며 갈지자 한 획 그으려 점 하나 찍는다
새, 머리에 똥 싸니 내 몸은 왼쪽으로 둥실 오른쪽으로 둥실
잔 속으로 빠져들고 휘휘 돌아가는 물마루 세탁기 회전
인생길 하지 못한 숙제를 집어넣는다

사과를 단단하게 하는 것들

녹차를 마셨을까
명상을 했을까
약수를 마셨을까
하짓날 밤이슬을 밟고 왔을까

새 떼들의 주둥이
먹구름과 소낙비
연못 바닥까지 내려간 마음

얼음골 사과나무는
쉴 수 없는, 숨쉬기로

모란

섬뜩하다 빨갛다 못해 검은빛 입술

언제 저리도 깊게 웃어 본 적 있을까
곳곳이 웃음이었을 텐데

자전거 바퀴처럼
구르기만 했다

시간의 틈새 돌고 돌아
이제야
팔을 벌려
꽃을 본다

두 눈 뜨고 찍는 사진사

등진 사진사

'15도 각도로 얼굴 돌리시고 살짝 미소를 띠세요'
그리고 나를 보세요
사진사, 왼쪽 눈으로 렌즈를 본다
오른쪽 눈 렌즈 밖을 본다

렌즈 안 그녀 웃고
렌즈 밖 그녀 찡그린다
사진사는 다시 웃음을 요구한다
렌즈 밖 눈으로 보인 그녀
'찡그리지 말고 웃으세요'
웃고 있는 그녀 더는 웃을 수 없다고……

입이 삐뚤어진 채 웃고 있는 렌즈 속 여인
여전히 찡그리는 렌즈 밖 여인
사진사 렌즈 밖 눈, 눈썹 위에 가랑잎 앉아 살랑거린다
아하, 찡그린 것이 아니라
내 눈썹에 가랑잎 하나가 살랑살랑

검은 봄

블라인드 뒤로 숨어 버린 빛

머리칼 몇 가닥을 움켜쥔다

봄 맵다

골목이 널널하다

그림자조차 없는

허연 봄

네모난 입들

숲을 읽는다

몰아쉰 숨을 나뭇가지에 걸기 좋았다
나를 칠하며 숲으로 가는 길
희끗거리며 뒤를 돌아보는 일은 언제부터일까
속삭임으로 가려운 뒤통수 같은

바람에 흔들리기 싫어할 때가 있었다

흔들리기 싫은 날은
재바르게 걸었고
발끝이 잃어버린 길을
더듬으면

난 어디쯤에다
읽다 만 페이지로 남길 수 있을까

제4부

시간 잡기

겨울은 언제나 공터에서 울었다
스러지는 시간을 위해
바람 한 개비 빌려 오지만

공터에선 반목들 뒹굴고
돌덩이가 모래알로 사그라지면
가고 없는 날들 자라
삶은 휘어지고

목울대를 떨며 운다
바람이 슬며시 칼을 날린다

획
—불새

세 번째 획 안개 속 잠들 때
멕시코 불의 고리 콜리마 화산
여전히 불을 뿜는 그 속 새를 본다
불 속으로 날아드는 새 한 마리 보고
난 같은 자리 맴돌고 뜨거운 혀 내밀어 차가움 맛본다
나 에너지 충전되고

페루 잉카문명 세상의 배꼽
태양신전 오른다 코로나로 7개월이나 문 닫고 한 사람만
허락된 공간 와이나픽추* 마추픽추** 차례로 들락거리고 난
잠시 지나가는 나그네, 돌 시계 본다. 여전한 안개 속 두 팔
날개 되어 퍼덕이고 실크 같은 천 색동옷 단장한 산맥으로 날
아오른다

옻나무 키우며 살던 장자莊子를 면회한다 외롭지만 행복한
돼지로 살겠다는
사유로운 영혼 단술이 아니면 먹지를 않는다는, 난 단술
대신 춘수春水로 목을 적신다
싹에서 아름드리나무가 나오고 춘수는 여기저기 꽃을 불
러 모으고 흐르다 멈춘 것들, 물 구슬 가지에 매단, 비우기

기다리는 숲, 봄 마중 나들이 저녁 깊어도 애태우며 돌아가길 구걸하지 않는, 그림자 싫어 그림자 떼어 내려다 죽은 영혼에도 춘수를……

  점점 네 번째 획 바람에 나르고 난 그 바람을 탄다 아직도 날개는 힘없고
  서행 중 또 다른 바람 힘에 밀려 점점 중력에 몸을 얹는다 붕새가 된다 북녘마다 물고기 그 크기 몇천 리 되는지 알 수 없고, 곤 붕새가 되어 나르면 구만리를 간다네

* 와이나픽추: 젊은 봉우리.
** 마추픽추: 오래된 봉우리.

획
―서역쯤에서

어릴 적부터 귀에서 나는 별들의 속삭임 소리
밤마다 잠자리에서 가 보고 싶은 곳 찾아 나선다

산다는 것은
제 이름을 조금씩 지워 가는 일
하룻밤을 새고 나면 획 하나 지워지고
사구 어디쯤엔가 묻혀
허우적거릴 획 하나

사막 같은 구름 속에서 제 몸을 숨기려
꼬물거리며 커져 가고

이 밤 지나면 또 하나의 획이 떨어지고
푸른 세계 돌아온 난 무엇을 먹을까

두 번째 획 떨어져 나갈 때쯤
밤하늘 별보다 많은
얼굴을 거울 속에 들이민다

거울 속 깊고 넓다
획을 찾기보다는 지워 내는 것
숲은 자라고 숲속에 사는 거인 내가 온 줄 모르고
그 코밑에서 할딱거리고 있는
첫 번째 획 무엇이었는지

나는 날마다 찌개를 끓인다

구두 한 짝 넣고 부대찌개 끓인다

빙점에서도 뜨거운 맛을 알게 될 거야 B는 익지도 않은 것
을 김이 난다고 씹지도 않고 삼키고
그렇게 사람들은 잠들어 가는 거야
배가 고프면 눈을 감는 거야 자전거를 탄다는 거야

B가 웃는다
바퀴는 여전히 제자리인데
혼자 끓고 있는 부대찌개는 배를 고프게 한다

머리를 땅에 대고 들으면 눈물이 흘러 부대찌개 국물 맛
이야
설익은 부대찌개가 흘러넘칠 때도 있어⋯⋯

흘러넘친 국물을 얼굴에 바르니 B가 웃는다
구두 한 짝을 건져 먹었는데 배는 여태 고프다, 구두가 눈
물을 훔치는 동안 자전거 바퀴 여전히 돌고

배고픈 B는 얇은 배를 등에 묶는다 팽개쳐진 구두들 쌓이
는 오후 여섯 시 밑창만 남은 구두로 퇴근하는, B

벙거지 2

뜨다 만 벙거지를 쓰고 외출을 한다

현대백화점 쇼윈도 앞에 멈춘다. 붉은 원피스에 파란 눈의 마네킹의 표정은 슬프다. 유리에 비친 내 벙거지의 색은 보라다 두 눈 속 모자가 서로 교차한 순간 서로를 토로한다. 서로의 사정은 길고 저녁때가 되도록 한 발도 움직이지 않았다. 점원이 나와 아는 체를 해서야 벙거지를 옷에 맞추어 보고 싶었다. 다시 벙거지를 보기 위해 이번에는 가전제품 유리창에 모습을 비추어 본다. 실타래가 달린 채 벙거지는 머리 위에서 빙글거리고 있고 실타래는 마치 리본이라도 되는 양 우스꽝스러운 표정 난 아까 본 그 마네킹 원피스에서 벗어나지 못하고 마치 오드리 헵번이라도 된 듯 살랑거리며 활보해 본다. 신바람이 난다. 거리를 마음 놓고 활보한 적이 언제인지 모른다. 내가 나를 무너뜨려 오드리 헵번이 된다.

잼 속의 나

식빵 속 잼이 되어 내가 네 속에서 녹아내릴 때 세상은 어둠
골목은 그렇게 기다림이 시작된 거야
나의 목젖을 삼킬 땐 언덕이었어. 난 숨을 멈추고 기다렸지

바람개비 돌고 하늘이 돌고, 난 너를 바라보았어.

네가 나의 허물이라는 거, 곤두박질치면 다시 잼이 되는 거야

여자

십 년 전이나 지금이나 변함없는
봄 체취 전해지는
쥐똥나무 향기 같은

쥐똥나무 향기를 날리며
파스타를 즐기던 여자
양파 넣다가 우유 넣다가 토마토 대신 케첩으로
두루뭉술 두서없던 파르팔레 파스타
톡 쏘는 맛 탱글탱글
지금도 코끝에 그 향기 남아 있기라도 한 듯 새콤하고
싱크대 귀퉁이에서 콧노래 흥얼거리던

뒤뚱거리는 오후 다섯 시
스파게티 대신 쥐똥나무 냄새가 입 안 가득 퍼지고
초록 속으로 스며드는 여자
저 혼자 돋보기 들어
쥐똥나무 향기 더듬는

\>

지갑 속에 납작하게 들어 있는

언제나 웃는 여자

비밀

다시 날고 싶어
날았다는 환상을 겪으며
살면서 언제 다시 용기 낼 수 있을까

달고나 혀끝에서 녹아내리고
천사가 된 기분으로 내려오며 용기를 주워 들고
해군본부 지으려 흘러내린 흙 언덕
물속 허우적거리며 놀던 시흥천
거기 숨은 그림
지나간 속으로 뛰어들며 거꾸로 도는

덩달아 소용돌이치는 가슴
둥근 소리가 바람을 탄다
물속 검은 동그라미들이 동동
나는 이리저리 햇볕의 각도를 비켜
엉거주춤 뛰어든다

동천 제전보 피리들이 수런대고

껍데기와 알맹이

빛 좋다
끌린다
통한다
보인다
젖는다
만지고 싶다 갖고 싶다

알 수도 없다
가질 수도 있고 가질 수 없다
볼 수 없다
만질 수 없다
볼 수 없다
빛 없다
끌린다
통한다

보이지 않는 것들은 왜 이리 많지

깡통 속은 늘 궁금하다
공존이다 양면이다

구시통*

부부 나란히 포개져 만세루 벽에 기댄다
둘이서 키워 낸 몇몇 생 없다

그래, 미루나무 바람이 흔들던 대로
두 팔을 들어 몸피를 키웠고

날벼락을 맞았던가
지통이 되었지

왜 그리 쉴 틈도 없었던지
바람구멍 뚫렸을 때
이화주 한잔 마시고 빙글빙글 도는 하늘, 어찌 그리
푸른지 저들은 몰랐던 게야

배불러 좋았다
들썩거리는 구시통
저들은 알려나

* 통도사 구시통을 보다.

바둑판

코바늘뜨기를 한다

기초를 다진다
한 코 두 코
한 번 감아 긴뜨기
점점 확장되는 흰 바탕

하얀색의 넓이를 눈으로 펼쳐
긴뜨기가 끝나면 다시 사슬뜨기
코바늘이 만든 국어 공책

네모에 들어간 네모
땅으로 긴다
한 점 머리는 두드리고
두 점 머리는 꺾어

머릿속을 파헤치는
코바늘 생각과 생각 사이 네모 한 칸 더

지금 지워지는 중입니다

선팅된 차창 밖
메타세쿼이아 역삼각형
내가 그린 계절은 둔덕, 머무는 계절은 모두가 우울하고
찻잔은 뿌옇게 엮이고

둔덕을 통과하는 방법으로 별을 사용한단다
흑점을 살피고 푸른빛을 빌려 와
떠돌이별을 지우는 거야

내 장례는 아무래도 천장이어야 해
돔덴이 되어 살갗을 찢어 하늘로 던지면
별자리로 남겨진 살갗은
세상에 없는 또 다른 별자리
이름 하늘에 누워
떠돌이별로 머물겠지

지워지는

반구대 그림 벽이 흐려진다
고래 잡고 호랑이 잡고
양털을 깎고

한쪽으로만 자라는
백송
한쪽 눈만 있는 비목어가 기어오르고
된바람 소리, 지워지는 중일까
살아 움직이는 짐승이, 돌이……
그리고 들판이
눈이 오는데

낼모레까지는 안녕하시겠습니다

부고
박순례 님께서 모기 뿔에 받혀 별세하였기에 삼가 알려 드
립니다
○○병원 영안실 경인생 2025년 02월 30일 발인

저승에 갔다
제사상을 내려다본다

건좌습우 홍동백서 좌포우혜 생동숙서 어동육서 동두서미
면서병동 좌반우갱
오른쪽에 시접 놓여 있다

나 십 년도 더 뒤 스마트폰 시대에 죽었는데
짜장면 피자도 햄버거 치즈버거도 없다
콜라 사이다 어디 있을까

나 구경꾼인가
문상객들 표정을 본다

그들 속에 내가 있다

슬프지도 않으면서 울지도 않으면서
진심으로 맛없게 음식을 *끄적거리고*

난 슬그머니 계산서 한 장 내민다
그냥 숲 한구석 꿈속일 뿐인데

후회 위를 걷는 찬란한 마음

임지훈(문학평론가)

　　후회 없는 삶은 없다. 우리는 매 순간 현실을 선택하며, 그로부터 또 다른 현실로 옮겨 가 또 다른 선택을 수행한다. 우리는 매 순간 자신의 선택이 유일한 올바른 선택이라 믿고 행하지만, 돌이켜 보면 과연 그것이 유일한 것이었는가 의문에 잠긴다. 현실이 '나'의 눈앞에 육박하였을 때에는 하지 않을 수 없었던 선택조차도, 시간적 간극을 두고 살펴보자면 그저 그런 궁여지책처럼 느껴지는 경우도 많다. 선택들. 오늘 무얼 먹고 어디로 갈 것이며 누굴 만날 것인가와 같은 하잘것없어 보이는 일상적인 요소에서부터, 어떻게 살아갈 것이며 무엇을 위해 살아갈 것인가와 같은 거시적 요소에 이르기까지. 혹은 나의 인생이라는 한정된 자본을 어떤 일에 투자할 것인가 혹은 어떤 사람에게 걸 것인가와 같은 요소들에 이르기까지. 더 나아가서는, 사랑에 이르기까지. 우리의 삶은 매 순간의 선택과 그에 따른 결과들로부터 수없이 많은 가지를 뻗어 나가며 완성되어 간다.

그러니 이 모든 삶의 결절점에 해당하는 결정과 선택에 대해 후회가 없을 리 만무하다. 만약 자신의 삶에 일말의 후회도 없는 이가 있다면, 그는 단지 자신의 삶과 과거의 선택에 대해 충분히 숙고하지 못한 것에 불과하다. 모든 인간은 자신의 삶 속에서 최선의 선택을 수행하고자 노력할 뿐, 실제로 최선의 선택을 수행하는 것은 아니기 때문이다. 시간이 지나 돌이켜 보면 한낱 어리석고 마음이 좁았을 따름인 선택 또한 부지기수로 나타난다. 그러니, 후회란 생각만큼 특수하고 비일상적인 요소가 아니다. 오히려 후회란, 우리가 삶의 형태를 결정하고 선택함에 있어 일반적으로 일어나는 보편적 현상이다.

그리하여 후회란, 내가 나의 삶과 과거에 대해 숙고하고 있음을 알려 주는 하나의 표지인 셈이다. 이것은 단순히 자신의 과거에 매몰되는 것을 의미하는 것이 아니다. 자신의 미래를 위해, 더 나은 선택을 위해 '나'라는 얇고도 두꺼운 역사서의 한 장 한 장을 음미하며 바라보는 행동이다. 그러니 후회란 단지 부정적인 것만은 아니겠지만, 단지 긍정적이기만한 것도 아니다. 모든 후회에는 한편으로 자신의 현재에 대한 반성뿐만 아니라 현실에 대한 비탄 또한 어려 있기 때문이다. 나의 현재에 대한 비탄 속에서, 과거에 이루어진 나의 선택이란 반성적 사유의 대상일 뿐만 아니라 비난과 질시의 대상이기도 한 것이다.

많은 시인들이 과거를 회상하고 그 속에서 자신의 선택이 낳은 결과에 대해 다채로운 색의 이야기를 펼쳐 놓는 것은 아마도 이와 같은 '후회'의 속성 때문일 것이다. 박순례의 새 시집 『고양이 소굴』의 주된 정서 또한 아마 이와 같은 '후회'라 할 수 있을 것인데, 여기에서 드러나는 후회란 여타의 시집과 달리 특수한 정서적 요소를 포함하며 동시에 그로부터 특수한 미래 인식을 구성해 낸다는 점에 주목해 볼 필요가 있다. 이를 위해서는 『고양이 소굴』의 1부를 천천히 음미하며, 여기에서 나타나는 주된 정서에 대해 주목해야 한다.

물론 당연한 이야기이겠으나, 이 시집의 1부를 구성하는 주된 정서는 과거에 대한 후회라 할 수 있다. 다만 이때의 후회란 두 가지의 결을 가지는데, 하나는 돌이킬 수 없게 되어 버린 자신의 과거의 시공간에 대한 고찰이며, 다른 하나는 미처 완수하지 못한 자신의 정념에 대한 후회라 할 수 있다. 다만 이와 같은 후회는 직접적으로 드러나는 것이 아니라 현재의 '나'에 대한 자기 인식을 경유하여 나타난다는 점이 특징적이다.

그의 속사정도 알지 못하고 이제 젊음도 갔으니 고양이, 개 서로 다독이며 친구처럼 같이 살라고 권한다. 그 친구 말 그게 내 맘대로 되느냐고, 난 아들딸이 거늘면 된다고 너스레를 떤다. 구시렁거리는 모습을 뒤로하고 돌아선 나도 여기 혼자다

아포가토 나오고

생각 끊어지고

커피 한 잔에

머릿속, 고양이 소굴이네

둥지 없는 고양이 발톱이 자란 속사정도 모르고

—「고양이 아리랑」 부분

애교 살 그 아래

자식궁이라 부르는 곳

불룩하다

어디선가 새끼 고래 잘 먹고 잘 산다는 증거

눈 주위에 흰 구름 떠 있는 건

무언가 깊이 담긴

지나간 추억을 곱씹기라도 하는

저 눈빛에 빠져 꼼짝달싹 못 하는 나

거울 속 내 눈 닮은

—「닮은꼴」 부분

　위의 두 시는 각각 고양이와 고래라는 두 생물의 물성을 경유하여 시적 화자가 지닌 자기 인식을 드러내고 있다. 두 시는 공통적으로 늙은 생물의 물성을 바탕으로 노년에 접어든 삶의 모습을 그려 내는데, 여기에서 드러나는 것은 모종의 고독함이다. 자신의 머릿속이 고양이 소굴처럼 복잡하고도 위태롭다거나, 혹은 새끼 고래를 독립시킨 어미 고래기

고독한 헤엄을 계속하는 광경 속 눈동자로부터 자신의 모습을 읽어 내는 것이 그것이다. 하지만 이와 같은 후회의 정서는 결코 과거에 대한 전면적 부정을 의미하지는 않는데, 그것은 두 편의 시 모두에서 거론되는 자식에 대한 헌신과 얽혀 있는 것으로 보인다. 때문에 화자의 과거에 대한 감정은 단순한 회한이라는 말로는 정리될 수 없는 복잡한 결을 가지고 있다 할 수 있다.

언제부터인지 입 다문
그림자 길게 너즈러져 시간 흐트러지고

바람 튕겨 나가고
미주알고주알 입구를 열어 놓을 때

골목이 안고 온 숙제 하나
아이를 머리에 이고

쏜살같이 스쳐 가는

긴 팔을 늘인다

주춤거리는 시간 뒹굴다
튕겨 나간 바람 돌아오고

—「골목」 전문

따라서 화자는 자신의 과거를 적극적으로 부정하거나 비판하는 대신 약간의 혼란과 허무감을 느끼면서도 역설적으로 자유를 느끼기도 한다. 그것이 위의 시 「골목」에서 나타나는 '바람'의 육체성의 정체로서, 여기에서 화자의 모습은 "흐트러지고" "튕겨 나가고" "늘인다" "뒹굴다"와 같은 술어부처럼 다소 혼란스러운 모습을 보이지만, 반대로 간결하게 정리된 최소한의 언어로 쓰인 시의 구조는 이와 같은 혼란스러운 육체성을 정서적으로는 침착하게 느껴지도록 만든다. 실제 사용된 언어와 구조 사이에서 생겨나는 역설적인 의미라고 할 수 있을 텐데, 이와 같은 시적 구조는 읽는 이로 하여금 바람의 이미지를 현대무용의 정갈하면서도 한없이 가벼운 춤사위와 같이 느낄 수 있도록 만든다. 때문에 이와 같은 시에서 육체성의 이미지를 통해 제출되는 화자의 정서란 혼란스러우면서도 정갈한 기이한 아름다움을 산출한다.

하지만 여기에는 한 가지가 덧붙여져야 한다. 우리가 박순례의 시가 갖는 후회의 정서를 보다 면밀하게 파악하기 위해 여기에 덧붙여야 하는 것은 바로 완결되지 못한 자신의 정념으로 인한 정신적 상흔이다.

달그림자 질그릇에 담겨
나를 부른다
갈대숲에 숨어든 바람이었을까
아득히 물안개에 젖는

별조차 잠이 들어 버린 밤

오로라, 그물에 싸이던 시절

한 장 한 장 가슴에 겹쳐진다

세상은 요한 슈트라우스로 부산했다

잡지 못한 기억은 몇몇 평행으로 감기는

한 올, 바람

어둠은 돌아서면 목이 부러질 듯한

　　　　　　　　　　　　　　　―「사랑, 그 자리」 전문

"요한 슈트라우스"의 음악이 배경으로 흐르는, 별조차 뜨지 않고 오직 달빛과 그 그림자만이 선연한 밤. 시에서 음악적 요소가 시어로 등장하고, 가벼우면서도 조금은 흐트러진 것처럼 느껴지는 술어들이 다소 등장함에도 불구하고, 「사랑, 그 자리」의 이미지가 전달하는 정경이란 고요하면서도 쓸쓸한 묘한 정서를 창출한다. 이와 같은 고요한 분위기는 실로 한없는 침묵에 가까운 것이면서도, "어둠은 돌아서면 목이 부러질 듯한"이라는 시어가 전달하는 느낌처럼 아주 작은 기척과 자극에도 사그라지는 위태로운 것이기도 하다. 이와 같은 정서적 풍경이 전달하는 것은, 화자에게 있어 완수되지 못한 채 종결되어 버린 사랑이 있다는 객관적 사실일 뿐만 아니라, 그와 같은 사랑이 사실은 종결되지 않은 채 화자의 내면에 고유한 심적 공간을 형성하고 있다는 주관적 사실이기도 하다. 여기에서 고유한 심적 공간이란 「사랑, 그 자리」의 정경이 드러내듯, 아주 작은 기척과 자극에도 사그라질 것 같은 한없는 고요와 어둠이면서도 사랑스럽고도 위태로운 마음이다.

즉, 박순례의 시적 화자가 지닌 '후회'란 단순히 자신의 과거에 대한 부정이 아니라 객관적 사실과 주관적 사실이 혼재되어 나타나는 고요한 혼란이며, 이는 이미 종결되어 버렸음에도 끝내 간직하고 있는 '사랑'을 위한 내적 공간을 지키기 위한 마음이다. 박순례의 시적 화자가 보여 주는 미래에 대한 인식이란 이와 같은 이중적 제스처로부터 발원하는데, 따라서 그 미래 또한 완수되지 못한 과거로 인해 선명하게 예시되지 못한다. 가령 「한 다발 싱그러움 내게로 오네」와 같은 시를 살펴보자.

품에 안으면 노란 어제
한 아름 안겨 온 꽃다발인데,
모레가 왜 여기 있지

탁자 위
쭉 뻗은 목덜미로 자꾸만 낼모레를 서성거리지?
빨강, 파랑, 보라 색깔을 피워 올리며

부러진 색엔 누가 사는 걸까

아이스크림 녹듯 왜 눈이 감기는 거야

자, 꽃다발 좀 들고 있어 봐
             ―「한 다발의 싱그러움 내게로 오네」 전문

이미 품에 안겨 있는 과거로부터 미래에 대해 상상하는 모습을 꽃의 다양한 색채를 통해 정서화한 「한 다발의 싱그러움 내게로 오네」가, 시의 제목과 달리 낙관적인 정서만을 전달하지 않는다. 시의 3연에서 등장하는 "부러진" "녹듯" "감기는"과 같은 수사가 의미하듯, 화자의 미래에 대한 상상에는 어딘지 모를 비관과 불안이 깃들어 있다. 이는 화자의 미래에 대한 자조적 인식을 드러내는 것으로서, 자신의 미래에 대해 어떤 낙관과 희망을 소망하면서도 그것이 자신의 뜻대로만 이뤄지지는 않으리라 예감하는 것이다. 이와 같은 맥락들은 「고양이 아리랑」 「낮별」 「숲을 읽는다」 「왼쪽으로 비틀린 이정표」 「길」과 같은 시에서 나타난 자기 인식과도 유사한 결을 가지는데, 흡사 두 결을 구분하여 비교하자면 화자의 자기 인식과 미래에 대한 인식은 구분이 어려울 만큼의 유사성을 보여 준다. 여기에 덧붙여 「획」이나 「비밀」과 같은 시에서 자신의 소망을 고백함에 있어 단지 희망이라는 정서로 환원될 수 없는 부정적인 정서가 드러나는 것 또한 같은 결이라 할 수 있다. 이러한 시선과 제스처들은 자신의 완수되지 못한 정서로 인해 발생하는 자조적인 인식의 산물이라 할 수 있을 것이지만, 그와 같은 자조가 아름다운 이미지를 경유하여

읽는 이의 마음에 전달된다는 점에서 이는 슬프고도 비천한
아름다움이라 말해 볼 수 있을 것이다.

펼쳐 본 손바닥엔
늘 더듬거리기만 하는 걸음
손금이 깊어져 있다
어지럽고, 내 그림자 길어지고
가로등
날을 세운다

갈라진 빛의 틈새로 동녘은 그렇게 오고
길어진 골목에서
얼마쯤 남아도는

사립문 틈새로 무지개, 지나간다

—「종착역」 전문

여전히 네모난 방충망 사이
바람 떠나고 빗방울 스러지고

삼각 꼭짓점에 자리를 옮긴 거미
무엇을 기다리는 것일까

눈 빛살 걸쳐 놓은 지 오래인데 오지 않는 것들

무언가 오는 소리 들리고

슬금슬금 방충망으로 걸어 나오는

저 저 햇살 한 점

—「봄의 문턱」 전문

위의 「종착역」, 「봄의 문턱」 두 시가 보여 주듯, 화자의 현실
은 어둡고 어지러우며 이지러지듯 스러질 것만 같은 아스라
한 것이다. 하지만 그와 같은 정서와 인식을 전달하는 이미
지에만 매몰되어 이 아스라한 인식의 사이에서 터져 나오는
무언가를 알아차리지 못해서는 안 된다. 오히려 그와 같은 부
정적인 이미지의 적층은 이처럼 그로부터 새어 나오는 한 줄
기의 미약한 정서를 위한 배경에 가까운 것이기 때문이다. 이
를테면 그것은 「종착역」에서 제시되는 "사립문 틈새로" 지나
가는 "무지개"와 같은 것이며, 「봄의 문턱」에 있어 "슬금슬금
방충망으로 걸어 나오는/ 저 저 햇살 한 점"과 같은 것이다.
다만 화자는 이를 절대적인 낙관의 이미지로 규정하지 않으
며, 그와 같은 이미지를 제시하고 또 다루는 방식에서 알 수
있듯 한편으로는 두려우면서도 끝내 손을 뻗지 않을 수 없는
불가해한 삶의 요소이다. 극한에 가까운 어둠이기에 오히려
도드라지는 그와 같은 빛의 이미지들은 때문에 무한한 낙관
보다도 더 큰 힘을 가지며, 동시에 이와 같은 이미지가 시적
이미지들로부터 산출되는 광경이란 화자가 지닌 기묘한 의지
를 보여 주는 것이기도 하다.

따라서 이제 중요한 것은 박순례의 시적 화자가 지닌 자조

적인 현실 인식과 자기 인식, 그리고 미래에 대한 부정적 인식만이 아니다. 그와 같은 요소들은 화자의 구체적인 심적 경제를 드러낸다는 측면에서 고려되어야 하는 것이지만, 동시에 이 불가해하고도 아스라한 한 줄기의 빛의 이미지를 도드라지게 만드는 요소이기도 하다는 점에서도 동시에 고려되어야 하는 지점이다. 두 측면을 고려할 때 얻어지는 것이란 곧 「회룡주」에서 나타나는 시적 화자의 기이한 움직임과 정서가 왜 해방적 의미를 담지하는가를 설명해 주는 단서이기도 하다.

> 한 손은 하늘 위로 한 손은 허리춤에
> 발걸음은 허공에
> 돌 하나 주워 들고 간다
> 여기저기 들려오는 소리, 버려라 버려라
> 환청에 흔들흔들
> 자식처럼 움켜잡고 흔들흔들
> 불퉁거리지도 않는 길 불퉁거린다고 타박 놓으며
>
> 머릿속 나무 하나 키우며 막걸리 한 모금 버터 한 조각
> 순대를 채우며 갈지자 한 획 그으려 점 하나 찍는다
> 새, 머리에 똥 싸니 내 몸은 왼쪽으로 둥실 오른쪽으로 둥실
> 잔 속으로 빠져들고 휘휘 돌아가는 물마루 세탁기 회전
> 인생길 하지 못한 숙제를 집어넣는다
> ──「회룡주」 부분

이미지를 통해 그려지는 화자의 육체의 움직임이란 앞서의 시편들에서 나타났던 육체성과 크게 다르지 않은 모습을 보여 준다. 하지만 이 흔들거림과 혼란은 어떤 특정한 요소에 대한 집착으로 인해 벌어지는 것이 아니라 오히려 그와 같은 요소에 대한 집착을 자신의 방식으로 갈무리하는 데서 오는 것이라는 점에서 큰 차이가 발생한다. 때문에 여기에서 나타나는 화자의 모습이란 외부 자극에 의해 자신의 행동을 방해받는 부자유스러운 모습이 아니라, 외부의 자극에 최소한으로 반응하면서 자신의 길을 가고자 하는 새로운 움직임의 방향성에 가깝다. 그 방향이란 '나'를 힘들게 하는 외부 세계로부터 달아나는 것이 아니라 그와 같은 것이 세상의 진실 그 자체임을 인정하고 자신의 몸을 흐르듯 운용하는 자의 방향이라 할 수 있다. 이와 같은 시적 화자의 자세는 「모란」과 같은 시에서 보다 구체적으로 나타난다.

섬뜩하다 빨갛다 못해 검은빛 입술

언제 저리도 깊게 웃어 본 적 있을까
곳곳이 웃음이었을 텐데

자전거 바퀴처럼
구르기만 했다

시간의 틈새 돌고 돌아

이제야

팔을 벌려

꽃을 본다

—「모란」 전문

　새로운 삶의 태도를 정립하고 있다 평가하여도 모자람이 없을 위의 시는 최소치의 언어를 통해 그간의 화자의 삶에 대한 회자정리와 미래에 대한 새로운 자세의 정립을 동시에 수행하고 있다. "자전거 바퀴처럼/ 구르기만 했"던 자신의 삶에 대해, 그가 선택하는 자세란 자신을 굴리던 외부 세계에 대해 반목하고 반발하는 것이 아니라, 외려 팔을 벌리고 자신의 눈앞에 놓인 것을 직시하며 그 모든 것을 받아들이는 마음이다. 깊은 웃음이란 이와 같은 자세로부터 가능해지는 것으로서, 현실로부터 미래를 꿈꾸고자 거듭 시도한 끝에 화자가 얻어 낸 삶의 자세이다. 이는 현실로부터의 도피도, 현실에 대한 몰입도 아닌 제3의 자세이며 동시에 그와 같은 삶의 구체적 방법에 대한 모색의 과정이라 할 수 있다. "바람에 흔들리기 싫어할 때가 있었"노라고, "흔들리기 싫은 날은/ 재바르게 걸었고/ 발끝이 잃어버린 길을/ 더듬"던 과거와는 다른 이 모습은 그렇기에 한결 자유로우면서도 자연스럽게 느껴진다(「숲을 읽는다」).

　이와 같이 자유로우면서도 자연스럽게 느껴지는 해방적 자세의 정립이란 타자에 매여 있던 생으로부터 자신의 독자적인 삶의 방향성을 탐색하는 과정에 대한 시적 사유라 알 수 있을 것이다. 박순례의 시가 독특한 고유성을 갖는 것은 그와 같은 시적 사유를 후회라는 보편적 경험을 특수한 두 사례로 분할하는 데서 출발하여, 그로부터 고유하고도 독자적인 심적 경제를 창안하고 이미지로 이루어진 내적 공간을 창출한 끝에 도달하고 있다는 점일 것이다. 슬프고도 비천한 아름다움을 거쳐야만 도달할 수 있는 이 고유한 산들거림의 자태란 그의 시적 화자가 거듭된 실패와 반복, 그리하여 거칠 수밖에 없었던 후회를 통해 산출해 낸 것이라는 점에서 한결 더 값진 아름다움을 낳는 것이다. 그 고유한 아름다운 심적 공간을 창출해 내었다는 사실과 한편으로 이와 같은 창출이 목적론적인 것이 아니라, 더 고유한 삶의 자세로 나아가기 위한 방법론적 모색의 결과라는 점은 시란 인간의 생을 한결 더 풍요롭게 만들어 주기 위함이라는 서정시의 고유한 목적 의식을 상기시킨다는 점에서 더욱 상찬될 만하다. 시인의 새 시집의 상재를 축하하며, 더불어 그 아름답고도 슬픈 정경이 더 높은 곳으로 계속해서 뻗어 나가길 기원한다.

천년의시인선

111